L'APOLLON DE BELLAC

DU MÊME AUTEUR

PROVINCIALES.
L'ÉCOLE DES INDIFFÉRENTS.
SIMON LE PATHÉTIQUE, roman.
BELLA, roman.
ÉGLANTINE, roman.
SIEGFRIED ET LE LIMOUSIN, roman.
COMBAT AVEC L'ANGE, roman.
LA FRANCE SENTIMENTALE.
SUZANNE ET LE PACIFIQUE, roman.
JULIETTE AU PAYS DES HOMMES.
LECTURES POUR UNE OMBRE.
ADORABLE CLIO.
AMICA AMERICA.
ELPÉNOR.
AVENTURES DE JÉRÔME BARDINI, roman.
TEXTES CHOISIS, réunis et présentés par René Lalou.
LES CINQ TENTATIONS DE LA FONTAINE.
LITTÉRATURE.
CHOIX DES ÉLUES, roman.
VISITATIONS.
RACINE, sur alfa.
LE FUTUR ARMISTICE.
PORTUGAL, suivi de COMBAT AVEC L'IMAGE.
LA MENTEUSE, suivi de LES GRACQUES.

Théâtre.

ÉLECTRE, pièce en deux actes.
AMPHITRYON 38, pièce en trois actes.
INTERMEZZO, pièce en quatre actes.
JUDITH, pièce en trois actes.
TESSA, pièce en trois actes et six tableaux, adaptation de La Nymphe au cœur fidèle.
SUPPLÉMENT AU VOYAGE DE COOK, pièce en un acte.
L'IMPROMPTU DE PARIS, pièce en un acte.
SODOME ET GOMORRHE, pièce en deux actes.
LA FOLLE DE CHAILLOT, pièce en deux actes.
LA GUERRE DE TROIE N'AURA PAS LIEU, pièce en deux actes.
CANTIQUE DES CANTIQUES, pièce en un acte.
ONDINE, pièce en trois actes.
SIEGFRIED, pièce en quatre actes.
LA FIN DE SIEGFRIED, pièce en un acte.
POUR LUCRÈCE.

Cinéma.

LE FILM DE LA DUCHESSE DE LANGEAIS.
LE FILM DE BÉTHANIE.

L'APOLLON DE BELLAC

Pièce en un acte

par

JEAN GIRAUDOUX

Dessins
de Mariano Andreu

PARIS
ÉDITIONS BERNARD GRASSET

IL A ÉTÉ TIRÉ DE CET OUVRAGE DANS LE FORMAT IN-8 TELLIÈRE : SOIXANTE-QUATRE EXEMPLAIRES SUR VÉLIN D'ARCHES, NUMÉROTÉS ARCHES 1 à 50 ET I à XIV, CENT TRENTE EXEMPLAIRES SUR VÉLIN PUR FIL, NUMÉROTÉS VÉLIN PUR FIL 1 à 100 ET I à XXX, MILLE CINQUANTE EXEMPLAIRES SUR ALFA, NUMÉROTÉS ALFA 1 à 1.000 ET I à L; D'AUTRE PART, VINGT-CINQ EXEMPLAIRES SUR ANNAM, NUMÉROTÉS ANNAM 1 à 25, RÉSERVÉS A LA LIBRAIRIE LE STUDIO, ET DIX EXEMPLAIRES SUR JONQUILLE, NUMÉROTÉS JONQUILLE 1 à 10, RÉSERVÉS A LA LIBRAIRIE JEAN LOIZE

IL A ÉTÉ TIRÉ EN OUTRE, RÉIMPOSÉS DANS LE FORMAT IN-8 COURONNE . SEIZE EXEMPLAIRES SUR JAPON IMPÉRIAL, NUMÉROTÉS JAPON IMPÉRIAL 1 à 10 ET I à VI ET DEUX CENT DIX EXEMPLAIRES SUR MONTVAL, NUMÉROTÉS MONTVAL 1 à 200 ET I à X, COMPORTANT LES DESSINS DE MARIANO ANDREU GRAVÉS SUR BOIS PAR GILBERT POILLIOT

L'ENSEMBLE DU TIRAGE
CONSTITUANT L'ÉDI-
TION ORIGINALE

Tous droits de traduction, de reproduction et d'adaptation réservés pour tous pays, y compris la Russie.
Copyright by Éditions Bernard Grasset, 1947

PERSONNAGES

LA TROUPE DE JOUVET

Par ordre d'entrée en scène.

Le Monsieur de Bellac.	Louis Jouvet.
L'huissier.	Léo Lapara.
Agnès	Dominique Blanchar.
Le secrétaire général .	Fernand René.
Monsieur de Cracheton.	Jacques Monod.
Monsieur Lepédura. .	Jean Dalmain.
Monsieur Rasemutte .	Michel Etcheverry.
Monsieur Schulze. . .	Hubert Rouchon.
Le président.	Maurice Lagrenée.
Mademoiselle Chèvredent.	Suzanne Courtal.
Thérèse	Lucienne Bogaert.

L'Apollon de Bellac *a été créé par* Louis Jouvet *et sa troupe le 16 juin 1942 au théâtre municipal de Rio de Janeiro, sous le titre* l'Apollon de Marsac.

Sous ce même titre, la pièce a été reprise à Paris par la Compagnie Louis Jouvet *et représentée pour la première fois, avec la distribution ci-dessus, au théâtre de l'Athénée, le 19 avril 1947.*

L'APOLLON DE BELLAC

*La salle d'attente à l'Office
des Grands et Petits inventeurs.*

SCÈNE PREMIÈRE

*Agnès. L'Huissier. Le Monsieur
de Bellac.*

AGNÈS

C'est bien ici l'Office des Grands et Petits inventeurs?

L'HUISSIER

Ici même.

AGNÈS

Je voudrais voir le Président.

L'HUISSIER

Invention petite, moyenne, ou grande?

AGNÈS

Je ne saurais trop dire.

L'HUISSIER

Petite? C'est le secrétaire général. Revenez jeudi.

LE MONSIEUR DE BELLAC

Et qui vous dit, huissier, que l'invention de Mademoiselle soit si petite que cela?

L'HUISSIER

De quoi vous mêlez-vous?

LE MONSIEUR DE BELLAC

La caractéristique de l'inventeur, c'est qu'il est modeste. L'orgueil a été inventé par les non-inventeurs.

A la modestie créatrice Mademoiselle joint la modestie de son aimable sexe. Mais qui vous dit qu'elle ne vient pas vous proposer une invention destinée à bouleverser le monde!

AGNÈS
Monsieur...

L'HUISSIER
Pour les bouleversements du monde, c'est bien le Président. Il reçoit les lundis, de onze à douze heures.

LE MONSIEUR DE BELLAC
Nous sommes mardi!

L'HUISSIER
Si Mademoiselle n'a pas inventé de faire du mardi le jour qui précède le lundi, je n'y puis rien.

LE MONSIEUR DE BELLAC

Gabegie! L'humanité attend dans l'angoisse l'invention qui permettra d'adapter à notre vie courante les lois de l'attraction des étoiles pour les envois postaux et la cicatrisation des brûlures... Peut-être que Mademoiselle... Mademoiselle comment?

AGNÈS

Mademoiselle Agnès.

LE MONSIEUR DE BELLAC

Peut-être que Mademoiselle Agnès nous l'apporte... Non, elle devra attendre lundi!

L'HUISSIER

Je vous prie de vous taire...

LE MONSIEUR DE BELLAC

Je ne me tairai pas. Je me tais

le lundi. Et le légume unique! Cinq continents se dessèchent dans l'espérance du légume unique, qui rendra ridicule cette spécialisation du poireau, du raisin, ou du cerfeuil, qui sera la viande et le pain universels, le vin et le chocolat, qui donnera à volonté la potasse, le coton, l'ivoire et la laine. Mademoiselle Agnès vous l'apporte elle-même. Ce que Paracelse et Turpin n'ont même pas imaginé, elle l'a découvert. Les pépins du légume unique sont là, dans ce sachet au tiède sur sa gorge, prêts à se déchaîner, le brevet une fois paraphé par votre Président, vers la germination et la prolifération. Non, ils devront attendre lundi.

AGNÈS

Monsieur...

L'HUISSIER

Le registre est sur la table. Qu'elle s'inscrive pour lundi!

LE MONSIEUR DE BELLAC

Et voilà! Lundi, à la première heure, les crétins qui ont inventé le clou sans pointe ou la colle à musique seront reçus illico par le Président, mais pendant une semaine la pauvre humanité aura continué à se plonger jusqu'aux fesses dans la boue des rizières, à crever ses yeux pour séparer les graines du radis ménager de celles du radis fourrager, et à soigner ses blessures à la rapure de pommes de terre, alors que le légume unique est là... et le firmament!... Mademoiselle Agnès ne s'inscrira pas...

L'HUISSIER

Peu me chaut.

LE MONSIEUR DE BELLAC

Vous dites?

L'HUISSIER

Je dis : peu me chaut... Vous ne comprenez pas?

LE MONSIEUR DE BELLAC

Si. Et Bernard Palissy aussi a compris, quand, à sa demande de subvention, l'intendant du roi répondit : Peu me chaut, et l'obligea à brûler pour son four ses superbes meubles Henri II...

L'HUISSIER

Ses meubles Henri II? Vous me rappelez que j'ai à préparer la salle du conseil.

Il sort.

SCÈNE DEUXIÈME

Agnès. Le Monsieur de Bellac.

AGNÈS

Je vous remercie, Monsieur. Mais je ne suis pas l'inventeur du légume unique.

LE MONSIEUR DE BELLAC

Je le savais. C'est moi.

AGNÈS

Je cherche une place. Voilà tout.

LE MONSIEUR DE BELLAC

Vous êtes dactylographe?

AGNÈS

Dactylographe ? Qu'est-ce que c'est?

LE MONSIEUR DE BELLAC

Sténographe?

AGNÈS

Pas que je sache.

LE MONSIEUR DE BELLAC

Polyglotte, rédactrice, classeuse? Arrêtez-moi à votre spécialité.

AGNÈS

Vous pourriez énumérer le dictionnaire des emplois. Jamais je n'aurais à vous interrompre.

LE MONSIEUR DE BELLAC

Alors coquette, dévouée, gourmande, douce, voluptueuse, naïve?

AGNÈS

C'est plutôt mon rayon.

LE MONSIEUR DE BELLAC

Tant mieux. C'est la promesse d'une heureuse carrière.

AGNÈS

Non. J'ai peur des hommes...

LE MONSIEUR DE BELLAC

De quels hommes?

AGNÈS

A les voir, je défaille...

LE MONSIEUR DE BELLAC

Peur de l'huissier?

AGNÈS

De tous. Des huissiers, des présidents, des militaires. Là où il y a un homme, je suis comme une voleuse dans un grand magasin qui sent sur son cou le souffle de l'inspecteur.

LE MONSIEUR DE BELLAC

Voleuse de quoi?

AGNÈS

J'ai envie de me débarrasser à toute force de l'objet volé et de le lui lancer en criant : Laissez-moi fuir!

LE MONSIEUR DE BELLAC

Quel objet?

AGNÈS

Je ne me le demande même pas. Je le recèle. J'ai peur.

LE MONSIEUR DE BELLAC

Leur costume sans doute vous impressionne? Leurs chausses et leurs grègues?

AGNÈS

Je me suis trouvée avec des nageurs. Leurs grègues étaient à terre. L'objet me pesait tout autant.

LE MONSIEUR DE BELLAC

Peut-être ils vous déplaisent, tout simplement.

AGNÈS

Je ne crois pas. Leurs yeux de chien me plaisent, leur poil, leurs grands pieds. Et ils ont des organes bien à eux qui m'attendrissent, leur pomme d'Adam au repas par exemple. Mais dès qu'ils me regardent ou me parlent, je défaille.

LE MONSIEUR DE BELLAC

Cela vous intéresserait de ne plus défaillir?

AGNÈS

Vous dites?

LE MONSIEUR DE BELLAC

Cela vous intéresserait de les mener à votre guise, de tout obtenir d'eux, de faire plonger les présidents, grimper les nageurs?

AGNÈS

Il y a des recettes?

LE MONSIEUR DE BELLAC

Une seule, infaillible!

AGNÈS

Pourquoi me le diriez-vous! Vous êtes un homme...

LE MONSIEUR DE BELLAC

Ignorez-la, et vous aurez une vie sordide! Recourez à elle, et vous serez reine du monde!

AGNÈS

Reine du monde! Ah! que faut-il leur dire!...

LE MONSIEUR DE BELLAC

Aucun d'eux n'écoute?

AGNÈS

Personne...

LE MONSIEUR DE BELLAC

Dites-leur qu'ils sont beaux!

AGNÈS

Leur dire qu'ils sont beaux, intelligents, sensibles?

LE MONSIEUR DE BELLAC

Non! Qu'ils sont beaux. Pour l'intelligence et le cœur, ils savent s'en tirer eux-mêmes Qu'ils sont beaux...

AGNÈS

A tous? A ceux qui ont du talent, du génie? Dire à un académicien qu'il est beau, jamais je n'oserai...

LE MONSIEUR DE BELLAC

Essayez voir! A tous! Aux modestes, aux vieillards, aux emphysémateux. Dites-le au professeur de philosophie, et vous aurez votre diplôme. Au boucher, et il lui restera du filet dans sa resserre. Au Président d'ici, et vous aurez la place.

AGNÈS

Cela suppose tant d'intimité, avant de trouver l'occasion de le leur dire...

LE MONSIEUR DE BELLAC

Dites-le d'emblée. Qu'à défaut

de votre voix, votre premier regard le dise, dès la seconde où il va vous questionner sur Spinoza ou vous refiler de la vache.

AGNÈS

Il faut attendre qu'ils soient seuls! Être seule à seul avec eux

LE MONSIEUR DE BELLAC

Dites-leur qu'ils sont beaux en plein tramway, en pleine salle d'examens, dans la boucherie comble. Au contraire. Les témoins seront vos garants!

AGNÈS

Et s'ils ne sont pas beaux, qu'est-ce que je leur dis? C'est le plus fréquent, hélas!

LE MONSIEUR DE BELLAC

Seriez-vous bornée, Agnès? Dites

qu'ils sont beaux aux laids, aux bancals, aux pustuleux...

AGNÈS

Ils ne le croiront pas!

LE MONSIEUR DE BELLAC

Tous le croiront. Tous le croient d'avance. Chaque homme, même le plus laid, nourrit en soi une amorce et un secret par lequel il se relie directement à la beauté même. Il entendra simplement prononcer tout haut le mot que sa complaisance lui répète tout bas. Ceux qui ne le croient pas, s'il s'en trouve, sont même les plus flattés. Ils croient qu'ils sont laids, mais qu'il est une femme qui peut les voir beaux, ils s'accrochent à elle. Elle est pour eux le lorgnon enchanté et le régulateur d'un univers à yeux déformants. Ils ne la quittent plus. Quand vous voyez une femme escortée en tous lieux d'un état-major de servants, ce n'est pas tant qu'ils la trouvent belle, c'est qu'elle leur a dit qu'ils sont beaux...

AGNÈS

Ah, il est déjà des femmes qui savent la recette?

LE MONSIEUR DE BELLAC

Elles la savent mal. Elles biaisent. Elles disent au bossu qu'il est généreux, au couperosé qu'il est tendre. C'est sans profit. J'ai vu une femme perdre millions, perles et rivières, parce qu'elle avait dit à un pied tourné qu'il marchait vite. Il fallait lui dire, il faut leur dire qu'ils sont beaux... Allez-y. Le Président n'a pas de jour pour s'entendre dire qu'il est beau...

AGNÈS

Non. Non. Je reviendrai. Laissez-moi d'abord m'entraîner. J'ai un cousin qui n'est pas mal. Je vais m'exercer avec lui.

LE MONSIEUR DE BELLAC

Vous allez vous exercer tout de suite. Et sur l'huissier!

AGNÈS

Sur ce monstre?

LE MONSIEUR DE BELLAC

Le monstre est parfait pour l'entraînement. Puis sur le secrétaire général. Excellent aussi. Je le connais. Il est plus affreux encore. Puis sur le Président...

> *L'huissier apparaît, hésite, et rentre dans la salle du conseil.*

AGNÈS

Commencer par l'huissier, jamais!

LE MONSIEUR DE BELLAC

Très bien, commencez par ce buste!...

AGNÈS

C'est le buste de qui?

LE MONSIEUR DE BELLAC

Peu importe. C'est un buste d'homme. Il est tout oreilles.

AGNÈS

Il n'a pas de barbe. Il n'y a que

la barbe chez les hommes qui me donne confiance...

LE MONSIEUR DE BELLAC

Eh bien, parlez à n'importe qui, à n'importe quoi! A cette chaise, à cette pendule!

AGNÈS

Elles sont du féminin.

LE MONSIEUR DE BELLAC

A ce papillon! Le voilà sur votre main. Il s'est arraché aux jasmins et aux roses pour venir pomper sa louange. Allez-y.

AGNÈS

Comme il est beau!

LE MONSIEUR DE BELLAC

Dites-le à lui-même.

AGNÈS

Comme tu es beau!

LE MONSIEUR DE BELLAC

Vous voyez : il remue les ailes. Brodez un peu. Ornez un peu. De quoi est-ce spécialement fier, un papillon!

AGNÈS

De son corselet, je pense. De sa trompe.

LE MONSIEUR DE BELLAC

Alors, allez-y! Comme ton corselet est beau!...

AGNÈS

Comme ton corselet est beau, Papillon! Tu es en velours de Gênes! Ce que c'est beau, le jaune et le noir! Et ta trompe! Jamais on ne me fera croire qu'une fleur comme toi a une trompe! C'est un pistil!

LE MONSIEUR DE BELLAC

Pas mal du tout. Voilà l'huissier! Chassez-le.

AGNÈS

Il se cramponne!

LE MONSIEUR DE BELLAC

Dites-lui que vous préférez le rouge. Et maintenant, vous m'entendez, même méthode pour l'huissier que pour le papillon avec, bien entendu, l'équivalent pour les huissiers du corselet et du pistil!

AGNÈS

Laissez-moi lui parler du temps, d'abord. Regardez-le, ciel!

LE MONSIEUR DE BELLAC

Non, que votre premier mot soit le mot, sans préambule, sans préface!

AGNÈS

Quel mot?

LE MONSIEUR DE BELLAC

Vous pataugerez après, tant pis. Il sera dit!

AGNÈS

Quel mot?

LE MONSIEUR DE BELLAC

Faut-il vous le répéter cent fois!.. Comme vous êtes beau!...

SCÈNE TROISIÈME

Agnès. L'Huissier.

AGNÈS, *après mille hésitations*.
Comme vous êtes beau!

L'HUISSIER
Vous dites?

AGNÈS
Je dis : comme vous êtes beau!

L'HUISSIER
Cela vous prend souvent?

AGNÈS
C'est la première fois de ma vie...

L'HUISSIER

Que vous dites qu'il est beau à une tête de gorille?

AGNÈS

Beau n'est peut-être pas le mot. Moi je ne juge pas les gens sur la transparence de la narine ou l'écart de l'œil. Je juge sur l'ensemble.

L'HUISSIER

En somme voici ce que vous me dites : tous vos détails sont laids et votre ensemble est beau?

AGNÈS

Si vous voulez! Laissez-moi tranquille! Vous pensez bien que ce n'est pas pour flatter un sale huissier comme vous que je lui dis que je le trouve beau.

L'HUISSIER

Calmez-vous! Calmez-vous!...

AGNÈS

C'est la première fois que je le dis à un homme. Cela ne m'arrivera plus.

L'HUISSIER

Je sais bien qu'à votre âge on dit ce qu'on pense. Mais pourquoi vous exprimez-vous si mal?

La tête du Monsieur de Bellac apparaît et encourage Agnès.

AGNÈS

Je ne m'exprime pas mal. Je trouve que vous êtes beau. Je vous dis que vous êtes beau. Je puis me tromper. Tout le monde n'a pas de goût.

L'HUISSIER

Vous ne me trouvez pas beau. Je connais les femmes. Elles ne voient rien. Ce que je peux avoir de passable, elles ne le voient même pas. Qu'est-ce que j'ai de beau? Ma silhouette?... Vous ne l'avez même pas remarquée...

AGNÈS

Votre silhouette ? Ah ! Vous croyez! Quand vous avez relevé la corbeille à papier, elle ne s'est pas penchée avec vous, votre silhouette? Et vous l'avez mise dans votre poche, votre silhouette, quand vous avez traversé la salle pour aller au conseil?

L'HUISSIER

Vous la voyez maintenant parce que j'ai attiré votre œil sur elle...

AGNÈS

Vous avez parfaitement raison. Vous n'êtes pas beau. Je croyais vous voir et j'ai vu votre silhouette.

L'HUISSIER

Alors dites : Quelle belle silhouette! Ne dites pas quel bel huissier!

AGNÈS

Je ne dirai plus rien.

L'HUISSIER

Ne vous fâchez pas! J'ai le droit de vous mettre en garde. J'ai une fille, moi aussi, ma petite; et je sais ce qu'elles sont, les filles, à votre âge. Parce que tout d'un coup la silhouette d'un homme leur paraît agréable, elles le trouvent beau. Beau des pieds à la tête. Et en effet, c'est rare, une belle silhouette. C'est avec les silhouettes que les Japonais ont fait ce qu'ils ont de mieux, les ombres chinoises. Et une silhouette dure. On a sa silhouette jusqu'à la mort. Et après. Le squelette a sa silhouette. Mais ces nigaudes confondent silhouette et corps, et si l'autre niais prête tant soit peu l'oreille, c'est fait, elles se gâchent la vie, les imbéciles... On ne vit pas avec des silhouettes, mon enfant!

La tête du Monsieur de Bellac apparaît.

AGNÈS

Comme vous êtes beau, quand vous vous mettez en colère! Vous ne me ferez pas croire qu'elles sont à votre silhouette, ces dents-là?

L'HUISSIER

C'est vrai. Quand je me mets en colère, je montre la seule chose que j'ai de parfait, mes dents. Je ne fume pas. Je n'ai aucun mérite. Et je ne sais pas si vous avez remarqué que la canine était double. Pas la fausse en ciment. Celle de droite... Tenez, c'est le secrétaire général qui sonne... Je vais faire en sorte qu'il vous reçoive... Je lui dirai que vous êtes ma nièce.

AGNÈS

Qu'elle est belle, quand vous vous redressez! On dirait celle du Penseur de Rodin...

L'HUISSIER

Oui, oui. Cela suffit. Si vous étiez ma fille, vous recevriez une belle calotte!

SCÈNE QUATRIÈME

*Agnès. L'Huissier.
Le Monsieur de Bellac.*

LE MONSIEUR DE BELLAC

C'est un début.

AGNÈS

Un mauvais début. Je réussis mieux avec le papillon qu'avec l'huissier.

LE MONSIEUR DE BELLAC

Parce que vous vous entêtez à joindre l'idée de caresse à l'idée de beauté. Vous êtes comme toutes les femmes. Une femme qui trouve le ciel beau, c'est une femme qui caresse le ciel. Ce ne sont pas vos mains qui ont à parler, ni vos lèvres, ni votre joue, c'est votre cerveau.

AGNÈS

Il a bien manqué ne pas me croire.

LE MONSIEUR DE BELLAC

Parce que vous biaisiez. Il vous a eue, avec sa silhouette. Vous n'êtes pas encore au point pour un secrétaire général.

AGNÈS

Comment m'entraîner! Il arrive.

LE MONSIEUR DE BELLAC

Essayez sur moi...

AGNÈS

Vous dire à vous que vous êtes beau?

LE MONSIEUR DE BELLAC

C'est si difficile que cela?

AGNÈS

Pas du tout.

LE MONSIEUR DE BELLAC

Songez bien à ce que vous allez dire...

AGNÈS

Vous n'êtes pas mal du tout, quand vous vous moquez ainsi de moi...

LE MONSIEUR DE BELLAC

Faible. Vous biaisez! Vous biaisez! Et pourquoi quand je me moque? Je ne suis pas beau autrement?

AGNÈS

Oh, si! Magnifique!

LE MONSIEUR DE BELLAC

Voilà! Voilà! Vous y êtes... Ce ne sont plus vos mains qui parlent.

AGNÈS

Devant vous, elles murmurent quand même un petit peu...

LE MONSIEUR DE BELLAC

Parfait!

AGNÈS

Le volume de votre corps est beau. La tête m'importe peu. Le contour de votre corps est beau.

LE MONSIEUR DE BELLAC

La tête vous importe peu? Qu'est-ce à dire?

AGNÈS

Pas plus que la tête du Penseur de Rodin.

LE MONSIEUR DE BELLAC

Ses pieds évidemment ont plus d'importance... Écoutez, Agnès. C'est très ingénieux, ces allusions à une statue célèbre, mais le Penseur de Rodin est-elle la seule que vous connaissiez?

AGNÈS

La seule. Avec la Vénus de Milo. Mais celle-là ne peut guère me servir pour les hommes.

LE MONSIEUR DE BELLAC

C'est à voir. Il est urgent en tout cas que vous doubliez votre répertoire. Dites l'Esclave de Michel-Ange. Dites l'Apollon de Bellac.

AGNÈS

L'Apollon de Bellac?

LE MONSIEUR DE BELLAC

Oui. Il n'existe pas. C'est moi qui l'extrais en ce moment à votre usage du terreau et du soleil antiques. Personne ne vous le contestera...

AGNÈS

Comment est-il?

LE MONSIEUR DE BELLAC

Un peu comme moi, sans doute. Je suis né à Bellac. C'est un bourg du Limousin.

AGNÈS

On dit que les Limousins sont si laids. Comment se fait-il que vous soyez si beau?...

LE MONSIEUR DE BELLAC

Mon père était très beau... Que

je suis bête! Bravo, vous m'avez pris...

AGNÈS

Je n'ai pas cherché à vous prendre. C'est vous qui m'avez donné la recette. Avec vous je suis franche.

LE MONSIEUR DE BELLAC

Voilà! Elle a compris.

L'huissier entre. Le Monsieur de Bellac se dissimule dans un réduit.

L'HUISSIER

Le Secrétaire général vient vous voir ici une minute, Mademoiselle. Inutile de vous mettre en frais. Pour voir une silhouette pareille, il faut se payer une visite au Musée de l'Homme.

Il sort. Agnès au Monsieur de Bellac, qui passe la tête.

AGNÈS

Vous entendez. C'est terrible!...

LE MONSIEUR DE BELLAC

Entraînez-vous!

AGNÈS

Sur qui? Sur quoi?

LE MONSIEUR DE BELLAC

Sur tout ce qui est là. Les choses non plus ne résistent pas à qui leur dit qu'elles sont belles... Sur le téléphone...

Elle parle au téléphone, puis le touche.

AGNÈS

Comme tu es beau, mon petit téléphone...

LE MONSIEUR DE BELLAC

Pas les mains...

AGNÈS

Cela m'aide tellement!

LE MONSIEUR DE BELLAC

Au lustre! Vous ne le toucherez pas...

AGNÈS

Comme tu es beau, mon petit, mon grand lustre! Plus beau quand tu es allumé? Ne dis pas cela... Les autres lustres, oui. Les lampadaires, les becs de gaz, toi pas. Regarde, le soleil joue sur toi, tu es le lustre à soleil. La lampe pigeon a besoin d'être allumée, ou l'étoile. Toi pas. Voilà ce que je voulais dire. Tu es beau comme une constellation, comme une constellation le serait, si, au lieu d'être un faux lustre, pendu dans l'éternité, avec ses feux mal distants, elle était ce monument de merveilleux laiton, de splendide carton huilé, de bobèches en faux Baccarat des Vosges et des montagnes disposées à espace égal qui sont ton visage et ton corps.

Le lustre s'allume de lui-même.

LE MONSIEUR DE BELLAC

Bravo!

SCÈNE CINQUIÈME

*Agnès. Le Secrétaire général.
L'Huissier. Le Monsieur de Bellac.*

LE SECRÉTAIRE GÉNÉRAL

Une minute, Mademoiselle. Je dispose d'une minute... Qu'avez-vous?

AGNÈS

Moi? Rien...

LE SECRÉTAIRE GÉNÉRAL

Qu'avez-vous à me regarder ainsi? Vous avez suivi aux Arts et Métiers mon cours sur les inventions dans le rêve? Vous me connaissez?

AGNÈS

Oh, non! Au contraire...

LE SECRÉTAIRE GÉNÉRAL

Au contraire? Que veut dire au contraire?

AGNÈS

J'attendais un Secrétaire général, comme ils ont coutume d'être, un être voûté ou ventripotent, boiteux ou maigrelet, et je vous vois!

LE SECRÉTAIRE GÉNÉRAL

Je suis comme je suis.

La tête du Monsieur de Bellac apparaît.

AGNÈS

Oui. Vous êtes beau.

LE SECRÉTAIRE GÉNÉRAL

Vous dites?

AGNÈS

Je ne dis rien. Je n'ai rien dit.

LE SECRÉTAIRE GÉNÉRAL

Si. Vous avez dit que j'étais beau. Je l'ai entendu clairement, et je dois dire que j'en éprouve quelque surprise. Si je l'étais, on me l'aurait déjà dit.

AGNÈS

Quelles idiotes!

LE SECRÉTAIRE GÉNÉRAL

Qui est idiote? Ma sœur, ma mère, ma nièce?

AGNÈS

Monsieur le Secrétaire général, j'ai appris par une amie d'un membre de votre conseil, Monsieur Lepédura...

LE SECRÉTAIRE GÉNÉRAL

Laissez Monsieur Lepédura tranquille. Nous parlons de ma beauté. Je suis spécialiste du rêve, Mademoiselle. C'est à moi que s'adressent ceux des inventeurs qui ne font leurs trouvailles qu'en rêve, et j'ai réussi à retirer des songes des inventions aussi remarquables que le briquet-fourchette ou le livre qui se lit lui-même, qui n'auraient été sans moi que des épaves du sommeil. Si en rêve vous m'aviez dit que je suis beau, j'aurais compris. Mais nous sommes en état de veille. Du moins je le suppose. Permettez que je me pince pour nous en assurer. Et que je vous pince.

Il lui prend la main.

AGNÈS

Hou là!

LE SECRÉTAIRE GÉNÉRAL *qui a gardé la main d'Agnès.*

Nous ne rêvons pas. Alors pourquoi vous m'avez dit que j'étais beau, cela m'échappe. Pour gagner ma faveur? L'explication serait grossière. Pour vous moquer? Votre œil est courtois, votre lèvre amène...

AGNÈS

Je l'ai dit parce que je vous trouve beau. Si Madame votre mère vous trouve hideux, cela la regarde.

LE SECRÉTAIRE GÉNÉRAL

Hideux est beaucoup dire, et je ne permettrai pas que vous ayez de ma mère cette opinion défavorable. Ma mère, même quand j'avais cinq ans, m'a toujours trouvé des mains d'évêque.

AGNÈS

Si votre nièce vous préfère Valentino, ce n'est pas à son honneur.

LE SECRÉTAIRE GÉNÉRAL

Ma nièce n'est pas une imbécile. Elle prétendait encore hier que j'ai l'arcade sourcilière dessinée par Le Nôtre.

AGNÈS

Si votre sœur...

LE SECRÉTAIRE GÉNÉRAL

Vous tombez mal avec ma sœur. Elle sait bien que je ne suis pas beau, mais elle a toujours prétendu que j'avais un type, et ce type, un de nos amis, agrégé d'histoire italienne, l'a récemment identifié. Et c'est un type célèbre. C'est à s'y méprendre, dit-il, celui de Galéas Sforza.

AGNÈS

De Galéas Sforza. Jamais! De l'Apollon de Bellac, oui.

LE SECRÉTAIRE GÉNÉRAL
De l'Apollon de Bellac?

AGNÈS

Vous ne trouvez pas?

LE SECRÉTAIRE GÉNÉRAL

Si vous y tenez tant que cela, Mademoiselle! Vous savez que le type de Galéas est curieux. J'ai vu des gravures...

AGNÈS

A l'Apollon de Bellac habillé, évidemment! Car, pour votre vêtement, je fais des réserves. Vous vous habillez mal, Monsieur le Secrétaire général. Moi, je suis franche. Vous ne me ferez jamais dire ce que je ne pense pas. Vous avez le travers des hommes vraiment beaux, de Boulanger, de Nijinsky. Vous vous habillez au Marché aux Puces.

LE SECRÉTAIRE GÉNÉRAL
Ce qu'il faut s'entendre dire! Et par une jeune personne qui dit au premier venu qu'il est beau!

AGNÈS
Je ne l'ai dit qu'à deux hommes dans ma vie. Vous êtes le second.

LE SECRÉTAIRE GÉNÉRAL
Personne évidemment ne ressemble à tout le monde, et moi, hélas, moins que personne. *(A*

l'huissier.) Que voulez-vous! Vous ne voyez pas que nous sommes occupés!

L'huissier est entré.

l'huissier

Ces Messieurs du Conseil montent l'escalier. Je les annonce?

le secrétaire général

Mademoiselle, le Conseil me réclame. Mais me feriez-vous le plaisir de venir demain poursuivre cet intéressant entretien? D'autant que la dactylographe qui travaille dans mon bureau entasse les fautes de frappe, et que je songe à l'écarter. Je suis sûr que vous êtes artiste, vous, en machine à écrire?

agnès

Hélas, non. Je ne sais que le piano.

LE SECRÉTAIRE GÉNÉRAL

Parfait. C'est beaucoup plus rare. Vous prenez la dictée?

AGNÈS

Lentement.

LE SECRÉTAIRE GÉNÉRAL

Tant mieux. Cette autre allait trop vite, et semblait me donner la leçon.

AGNÈS

Et je relis mal mon écriture.

LE SECRÉTAIRE GÉNÉRAL

Parfait. L'autre était l'indiscrétion même. A demain donc, Mademoiselle. Vous acceptez?

AGNÈS

Avec reconnaissance, mais à une condition.

LE SECRÉTAIRE GÉNÉRAL

Vous posez des conditions à votre chef?

AGNÈS

A la condition que je ne vous verrai plus avec cette ignoble jaquette. Imaginer ces deux harmonieuses épaules dans cette chrysalide, ce me serait insupportable...

LE SECRÉTAIRE GÉNÉRAL

J'ai un complet en tussor beige. Mais il est d'été et m'enrhume.

AGNÈS

C'est à prendre ou à laisser. J'adore le tussor beige.

LE SECRÉTAIRE GÉNÉRAL

A demain... Ma sœur et ma mère le détacheront cet après-midi. Je l'aurai.

Il part. La tête du Monsieur de Bellac reparaît.

AGNÈS

Alors?

LE MONSIEUR DE BELLAC

Pas mal. Mais vous biaisez toujours.

AGNÈS

Pourtant mes mains étaient bien loin. J'ai du mal à les rattacher.

LE MONSIEUR DE BELLAC

Ne perdez pas de temps. Les magots montent l'escalier. Entraînez-vous encore...

AGNÈS

Sur le premier?

LE MONSIEUR DE BELLAC

Sur tous!

SCÈNE SIXIÈME

Agnès. L'Huissier. Les membres du conseil. Le Monsieur de Bellac.

L'HUISSIER, *annonçant à travers la salle les personnages qui traversent.*

Monsieur de Cracheton.

AGNÈS

Comme il est beau, celui-là !

M. DE CRACHETON *à demi-voix.*

Charmante enfant.
Il entre dans la salle du conseil.

L'HUISSIER

Monsieur Lepédura...

M. LEPÉDURA
s'approchant d'Agnès.

Salut, jolie personne...

AGNÈS

Ce que vous êtes beau!

M. LEPÉDURA

Comment le savez-vous?

AGNÈS

Par l'amie de votre femme, la baronne Chagrobis. Elle vous trouve magnifique.

M. LEPÉDURA

Ah! Elle me trouve magnifique, la baronne Chagrobis? Dites-lui le bonjour, en attendant que je le lui dise moi-même. Il est vrai qu'elle n'est pas gâtée, avec le baron. Elle habite toujours cité Volney?

AGNÈS

Au 28? Je lui dirai que vous êtes toujours aussi beau.

M. LEPÉDURA

N'exagérez rien... *(A demi-voix.)* Elle est délicieuse!
Il entre dans la salle du conseil.

L'HUISSIER

Messieurs Rasemutte et Schulze.

AGNÈS

Ce qu'il est beau!

M. RASEMUTTE

Peut-on savoir, Mademoiselle, auquel des deux votre phrase s'adresse?

AGNÈS

Regardez-vous l'un l'autre. Vous le saurez.
Ils se regardent.

M. SCHULZE
M. RASEMUTTE

Elle est charmante!

> *Ils entrent dans la salle du conseil. La tête du Monsieur de Bellac apparaît.*

AGNÈS

Vous avez l'air triste. Cela ne va pas?

LE MONSIEUR DE BELLAC

Cela va trop bien. J'ai déchaîné le diable. J'aurais dû me méfier de votre prénom. Mes lectures du xviiie auraient dû me rappeler que c'est avec les naïves qu'on fait en un jour les monstres...

> *L'huissier annonce.*

L'HUISSIER

Monsieur le Président!...

SCÈNE SEPTIÈME

*Agnès. Le Président.
Mlle Chèvredent.*

LE PRÉSIDENT

C'est vous, le phénomène?

AGNÈS

Je suis Mademoiselle Agnès.

LE PRÉSIDENT

Qu'est-ce que vous leur faites, Mademoiselle Agnès? Cette maison que je préside croupissait jusqu'à ce matin dans la tristesse, dans la paresse, et dans la crasse. Vous l'avez effleurée, et je ne la connais plus. Mon huissier est devenu poli au point de saluer son ombre sur le mur. Mon Secrétaire général entend assister au conseil en bras de chemise. Comme les taches de soleil au printemps, de toutes les poches de ces messieurs surgissent des miroirs où Monsieur Lepédura contemple avec orgueil la pomme d'Adam de Monsieur Lepédura, Monsieur Rasemutte avec volupté la verrue de Monsieur Rasemutte; que leur avez-vous fait? J'achète à votre prix votre recette. Elle est inestimable. Que leur avez-vous dit?

AGNÈS

Comme vous êtes beau!

LE PRÉSIDENT

Comment?

AGNÈS

Je leur ai dit, j'ai dit à chacun : Comme vous êtes beau!

LE PRÉSIDENT

Par des sourires, des minauderies, des promesses?

AGNÈS

Non, à haute et intelligible voix... Comme vous êtes beau!

LE PRÉSIDENT

Merci pour eux. Ainsi les enfants remontent leur poupée mécanique. Mes fantoches sont remontés de frais dans la joie de vivre. Écoutez ces applaudissements. C'est Monsieur de Cracheton qui met aux voix l'achat pour le lavabo d'un miroir à trois faces. Mademoiselle Agnès, merci!

AGNÈS

De rien, je vous assure.

LE PRÉSIDENT

Et le Président, Mademoiselle? D'où vient que vous ne le dites pas du Président?

AGNÈS

Qu'il est beau?

LE PRÉSIDENT

Parce qu'il ne vous paraît pas en mériter la peine?

AGNÈS

Certes non!

LE PRÉSIDENT

Parce que c'est assez joué aujourd'hui avec la vanité des hommes?

AGNÈS

Voyons, Monsieur le Président! Vous le savez bien!

LE PRÉSIDENT

Non. Je l'ignore.

AGNÈS

Parce qu'il n'est pas besoin de vous le dire. Parce que vous êtes beau!

LE PRÉSIDENT

Répétez, je vous prie!

AGNÈS

Parce que vous êtes beau.

LE PRÉSIDENT

Réfléchissez bien, Mademoiselle... L'instant est grave. Vous êtes bien sûre que vous me trouvez beau?

AGNÈS

Je ne vous vois pas beau. Vous êtes beau.

LE PRÉSIDENT

Vous seriez prête à le redire devant témoins? Devant l'huissier? Réfléchissez. J'ai à prendre aujourd'hui une série de décisions qui me mèneront aux pôles les plus contraires, selon que je suis beau ou laid.

AGNÈS

A le redire. A l'affirmer. Certainement.

LE PRÉSIDENT

Merci, mon Dieu. *(Il appelle.)* Mademoiselle Chèvredent!

Entre Mlle Chèvredent.

LE PRÉSIDENT

Chèvredent, depuis trois ans vous exercez les hautes fonctions de secrétaire particulière. Depuis trois ans, il ne s'est point écoulé de matin et d'après-midi où la perspective de vous trouver dans mon bureau ne m'ait donné la nausée. Ce n'est point seulement que la maussaderie pousse sur votre peau comme l'agaric sur l'écorce, infiniment plus douce au toucher d'ailleurs, du châtaignier. Parce que vous étiez laide, j'ai eu le faible de vous croire généreuse. Or vous reprenez deux francs dans la sébile de l'aveugle contre votre pièce de vingt sous. Ne niez pas. C'est lui qui me l'a dit. Parce que vous avez une moustache, j'ai cru que vous aviez du cœur. Or ces aboiements déchirants de mon fox endormi sur votre table, que vous m'expliquiez par ses rêves de chasse à la panthère, étaient provoqués en fait par vos pinçons. Mille jours j'ai supporté de vivre avec quelqu'un qui me déteste, me méprise, et me trouve laid. Car vous me trouvez laid, n'est-ce pas?

Mlle CHÈVREDENT

Oui. Un singe.

LE PRÉSIDENT

Parfait. Maintenant écoutez. Les yeux de Mademoiselle paraissent à première vue mieux qualifiés que les vôtres pour voir. La paupière n'en est point rouge, la prunelle délavée, le cil chassieux. Le soleil l'habite, et l'eau des sources. Or comment suis-je réellement, Mademoiselle Agnès?

AGNÈS

Beau! Très beau!

Mlle CHÈVREDENT

Quelle imposture!

LE PRÉSIDENT

Taisez-vous, Chèvredent. Jetez un dernier regard sur moi. Cette appréciation désintéressée de mon charme d'homme n'a pas modifié la vôtre?

Mlle CHÈVREDENT

Vous voulez rire!

LE PRÉSIDENT

J'en prends note. Voici donc le problème tel qu'il se pose : j'ai le choix de passer ma journée entre une personne affreuse qui me trouve laid et une personne ravissante qui me trouve beau. Tirez les conséquences. Choisissez pour moi...

Mlle CHÈVREDENT

Cette folle me remplace?

LE PRÉSIDENT

A l'instant. Si elle le désire.

Mlle CHÈVREDENT

Quelle honte! Je monte prévenir Mademoiselle.

LE PRÉSIDENT

Prévenez-la. Je l'attends de pied ferme.

Mlle CHÈVREDENT

Si vous tenez à vos potiches en cloisonné, vous ferez mieux de me suivre.

LE PRÉSIDENT

J'ai fait le deuil de mes potiches : vous venez de le voir.

Exit Mlle Chèvredent.

AGNÈS

Je regrette, Monsieur le Président!

LE PRÉSIDENT

Félicitez-moi. Vous arrivez en archange au moment crucial de ma vie, car j'apportais à cette dame dont Mademoiselle Chèvredent me menace une bague de fiançailles... C'est ce diamant... Est-ce qu'il vous plaît?

AGNÈS

Comme il est beau!

LE PRÉSIDENT

Étonnant! Je vous surveillais.

Vous avez dit comme il est beau pour le diamant avec la même conviction que pour moi! Est-ce qu'il serait terne, et plein de crapauds?

AGNÈS

Il est magnifique. Vous aussi.

On entend Thérèse qui vient.

LE PRÉSIDENT

Je dois l'être déjà un tout petit peu moins : voici Thérèse.

SCÈNE HUITIÈME

*Agnès. Le Président. Thérèse.
Le Monsieur de Bellac.*

LE PRÉSIDENT

Que je vous présente!

THÉRÈSE

Présentation inutile et sans le moindre avenir... Sortez, Mademoiselle!

LE PRÉSIDENT

Agnès remplace Chèvredent, et restera.

THÉRÈSE

Agnès? En dix minutes, le prénom de Mademoiselle est déjà tout nu?

LE PRÉSIDENT

Tout nu et virginal. C'est le privilège de ce prénom.

THÉRÈSE

Et peut-on savoir pourquoi Agnès remplace Chèvredent?

LE PRÉSIDENT

Parce qu'elle me trouve beau.

THÉRÈSE

Tu deviens fou?

LE PRÉSIDENT

Non. Je deviens beau.

THÉRÈSE

Tu sais ce que tu étais ce matin?

LE PRÉSIDENT

Ce matin, j'étais un homme à jambes légèrement arquées, au teint blafard, à la dent molle. J'étais ce que tu me voyais.

THÉRÈSE

Je te vois encore.

LE PRÉSIDENT

Oui, mais Agnès me voit aussi. Je préfère son œil. Du moins j'espère que malgré ta présence elle continue à me voir aussi beau.

AGNÈS

Je dois dire que l'animation vous embellit encore!

THÉRÈSE

Quelle éhontée!

LE PRÉSIDENT

Tu entends! Je ne lui ai pas fait dire. L'animation m'embellit encore, dit Agnès. Et l'on sent que si j'étais près d'Agnès endormi, ou rageur, ou transpirant, Agnès trouverait que l'inconscience, la hargne, ou la sueur m'embellissent encore. Vous souriez, Agnès?

AGNÈS

Oui, c'est beau, un homme intelligent qui est brave.

THÉRÈSE

Cela le fait ressembler à s'y méprendre à Turenne et à Bayard, sans doute?

AGNÈS

Oh, non! Monsieur le Président

est plus classique : A l'Apollon de Bellac, tout simplement.

THÉRÈSE

Quelle femme! C'est faux!

LE PRÉSIDENT

Quelle femme! La vraie femme! Entends-moi bien, Thérèse, pour la dernière fois. Les femmes sont en ce bas monde pour nous dire ce qu'Agnès nous dit. On ne les a pas arrachées au fer de notre propre côte, pour qu'elles achètent des bas sans tickets, se lamentent sur la mauvaise foi des dissolvants pour ongles, ou médisent de leurs sœurs les femmes. Elles sont sur terre pour dire aux hommes qu'ils sont beaux. Et celles qui doivent le plus dire aux hommes qu'ils sont beaux, ce sont les plus belles. Et ce sont celles-là d'ailleurs qui le disent. Cette jeune femme me dit que je suis beau. C'est qu'elle est belle. Tu me répètes que je suis laid. Je m'en suis toujours douté : tu es une horreur!

Le Monsieur de Bellac sort de son réduit.

LE MONSIEUR DE BELLAC

Bravo! Bravo!

THÉRÈSE

Quel est cet autre fou!

LE MONSIEUR DE BELLAC

Bravo, Président, et pardon si j'interviens. Mais quand ce débat touche au cœur même de la vie humaine, comment me retenir! Depuis Adam et Ève, Samson et Dalila, Antoine et Cléopâtre, la question homme-femme reste entière et pendante entre les sexes. Si nous pouvons la régler une fois pour toutes aujourd'hui, ce sera tout bénéfice pour l'humanité!

THÉRÈSE

Et nous sommes sur la voie, d'après vous? Et la solution ne peut pas être remise à demain? Car je suis très pressée, Monsieur. On m'attend là-haut pour ma fourrure de fiançailles!

LE MONSIEUR DE BELLAC

Nous sommes sur la voie. Et le Président vient de poser superbement le problème!

AGNÈS

Superbement!

THÉRÈSE

En homme superbe, voulez-vous dire sans doute, Mademoiselle?

AGNÈS

Je ne l'ai pas dit, mais je peux le dire. Je dis ce que je pense!

THÉRÈSE

Quelle menteuse!

LE PRÉSIDENT

Je t'interdis d'insulter Agnès!

THÉRÈSE

C'est elle qui m'insulte.

LE PRÉSIDENT

On t'insulte quand on me trouve beau! Tu viens de révéler le fond de ton âme!

LE MONSIEUR DE BELLAC

Agnès n'a pas menti avec le Président. Et Cléopâtre a dit la vérité à César, et Dalila à Samson. Et la vérité c'est qu'ils sont tous beaux, les hommes, et toujours beaux, et c'est la femme qui le leur dit qui ne ment pas.

THÉRÈSE

Bref, c'est moi la menteuse!

LE MONSIEUR DE BELLAC

C'est vous l'aveugle. Car il suffit vraiment, pour les trouver beaux, de regarder les hommes dans leur souffle et leur exercice. Et chacun a sa beauté, ses beautés. Sa beauté de corps : ceux qui sont massifs tiennent bien à la terre. Ceux qui sont dégingandés pendent bien du ciel. Sa beauté d'occasion : le bossu sur le faîte de Notre-Dame est un chef-d'œuvre et ruisselle de beauté gothique. Il suffit de l'y amener. Sa beauté d'emploi enfin : le déménageur a sa beauté de déménageur. Le Président de Président. Le seul mécompte, c'est quand ils les échangent, quand le déménageur prend la beauté du Président, le Président du déménageur.

AGNÈS

Mais ce n'est pas le cas.

THÉRÈSE

Non. Il a plutôt celle du ramasseur de mégots.

LE PRÉSIDENT

Thérèse, je sais aussi bien que toi à quoi m'en tenir sur mes avantages physiques !

THÉRÈSE

Tu es laid!

LE PRÉSIDENT

Tais-toi.

THÉRÈSE

Tu es laid. Tout mon être te le crie. Cette femme, elle arrive juste à forcer sa bouche à proférer son mensonge. Mais tout de moi : mon cœur, mes artères, mes bras, te crient la vérité! Mes jambes!

LE PRÉSIDENT

La bouche d'Agnès vaut ton tibia...

LE MONSIEUR DE BELLAC

Elle vient d'avouer!

THÉRÈSE

Mais qu'est-ce qu'ils ont tous

contre moi! Qu'est-ce que je viens d'avouer!

LE MONSIEUR DE BELLAC

Votre faute! Votre crime! Comment voulez-vous que le Président soit beau avec un entourage, dans un décor qui lui ressasse qu'il est laid!

LE PRÉSIDENT

Un décor! Bravo, je comprends!

THÉRÈSE

Tu comprends quoi!

LE PRÉSIDENT

Cette gêne qui me prenait non seulement devant toi, mais devant tout ce qui est toi ou à toi, tes vêtements, tes objets. Ton jupon oublié sur un dos de fauteuil me raccourcissait de dix centimètres l'échine, comment aurais-je eu mes vraies dimensions? Tes bas sur un guéridon, et je me sentais une jambe plus courte que l'autre. Ta lime à ongles sur la table, et il me manquait un doigt : ils me disaient que j'étais laid. Et ta pendule en onyx des Alpes me le répétait chaque seconde. Et ton Gaulois mourant sur la cheminée! Pourquoi avais-je froid, à regarder le feu? C'est que ton Gaulois mourant me répétait dans son râle que j'étais laid. Il disparaîtra dès ce soir. Je ne tiendrai plus mes vérités et mon teint que de la flamme!

THÉRÈSE

Tu ne toucheras pas à mon Gaulois mourant.

LE PRÉSIDENT

Il sera ce soir à la fonte. Avec les autres conjurés. Avec ton page florentin, qui de ses cuisses gantées insultait les miennes, avec ta bayadère à la grenouille qui de son ombilic tournait mon pauvre nombril en dérision. Jusqu'à tes chaises Directoire à dessus de crin qui disaient à mon derrière que je suis laid, et en le grattant. A l'Hôtel des Ventes!

THÉRÈSE

Tu ne vendras pas mes chaises Directoire!

LE PRÉSIDENT

Bien? Je les donnerai. Comment est-ce, chez vous, Agnès?

AGNÈS

Mes chaises? Elles sont en velours.

LE PRÉSIDENT

Merci, velours. Et sur la table?

AGNÈS

Sur la table, j'ai des fleurs. Aujourd'hui des roses.

LE PRÉSIDENT

Merci, roses! Merci, anémones! Merci, glycines et ricins sauvages! Et sur la cheminée?

AGNÈS

Un miroir.

LE PRÉSIDENT

Merci, miroirs. Merci, reflets. Merci à tout ce qui me renverra désormais mon image ou ma voix.

Merci, bassins de Versailles! Merci, écho!

THÉRÈSE

J'avais laissé Oscar. Je retrouve Narcisse.

LE MONSIEUR DE BELLAC

Le seul Narcisse coupable est celui qui trouve les autres laids. Voyons, Madame, comment le Président pouvait-il être inspiré pour ses dictées ou pour ses notes sous des yeux aussi peu indulgents!

LE PRÉSIDENT

C'est seul, sous les yeux de mon pauvre chien, que j'ai rédigé mes meilleures circulaires.

LE MONSIEUR DE BELLAC

Parce que l'œil du chien est fidèle et vous voit tel que vous êtes. Et un lion vous aurait inspiré des circulaires plus éloquentes encore, car le lion voit trois fois grandeur nature et à double relief.

THÉRÈSE

Ne continuez pas. Il va mettre des lions dans notre appartement.

LE PRÉSIDENT

Je n'y mettrai pas de lion. Mais le cheval du Gaulois mourant et la grenouille de la bayadère vont en sortir par les fenêtres.

THÉRÈSE

Si tu les touches, c'est moi qui pars.

LE PRÉSIDENT

A ta guise!

THÉRÈSE

Mais enfin, quels sont ces bourreaux! Je t'ai donné sans réserve ma vie et mes talents. Je partage un lit dont j'ai brodé la courte-pointe et égalisé la laine. Est-ce que tu glisses, dans ton lit? Tu n'as jamais eu un rôti trop grillé, un café trop clair. Tu es, grâce à moi, un des rares hommes dont on puisse assurer que son mouchoir est du jour, que son orteil n'est pas nu dans son soulier, est-ce qu'il y est nu, ton orteil, et les mites, aux abords de l'hiver, cherchent en vain au-dessus de tes complets la tache d'huile ou de graisse qui leur permettrait d'atterrir... Quel est ce procès que vous faites à l'honneur des femmes et des ménages!

LE PRÉSIDENT

Un mot. Me dis-tu que je suis laid, parce que tu me trouves laid, ou parce que cela t'amuse et te venge de me le dire?

THÉRÈSE

Parce que tu es laid.

LE PRÉSIDENT

Bon, continue...

THÉRÈSE

Et voici que survient cette femme. Du premier coup d'œil on devine le lot de l'homme qui vivra avec elle. Des pantoufles dont la semelle intérieure gondole. La lecture au soir dans le lit avec un seul coupe-papier qu'on se dispute, et une lampe de chevet qu'on allume de la porte. Des vêtements qui jamais ne seront sondés à leur point défaillant. Des jours d'entérite sans bismuth, de froid sans bouillotte, de moustiques sans citronnelle...

LE PRÉSIDENT

Agnès, me dites-vous que je suis beau, parce que vous me trouvez beau, ou pour rire de moi?

AGNÈS

Parce que vous êtes beau.

THÉRÈSE

Épousez-le, alors, si vous le trouvez si beau! Vous savez qu'il est riche!

AGNÈS

Eût-il des millions, cela ne m'empêchera pas de le trouver beau.

THÉRÈSE

Et toi, qu'attends-tu pour lui offrir ta main!

LE PRÉSIDENT

Je n'attends plus rien. Je la lui offre. Et je n'ai aucun remords. Jésus aussi a préféré Madeleine.

THÉRÈSE

Prenez-la, car moi j'y renonce. Prenez-la, si vous aimez les ronflements la nuit.

AGNÈS

Vous ronflez! Quelle chance. Dans mes insomnies j'ai si peur du silence.

THÉRÈSE

Si vous aimez les rotules proéminentes.

AGNÈS

Je n'aime pas en tout cas les jambes trop pareilles. Je n'aime pas les quilles.

THÉRÈSE

Et les poitrines de clochard.

AGNÈS

Oh, Madame! Quel mensonge! Je suis tout ce qu'il y a de plus difficile pour les poitrines.

THÉRÈSE

Il n'a pas la poitrine d'un clochard?

AGNÈS

Non, Madame. D'un croisé.

THÉRÈSE

Et ce front, ce front de goitreux, c'est le front d'un Burgrave?

AGNÈS

Ah! certes, non! D'un Roi.

THÉRÈSE

C'en est trop. Adieu. Je me réfugie dans le monde où la laideur existe.

LE PRÉSIDENT

Tu l'emportes avec toi. Tu l'as en pellicule sur l'âme et sur les yeux... *(Exit Thérèse.)* Et maintenant, Agnès, en gage d'un heureux avenir, acceptez ce diamant. Puisque vous voulez bien comparer ma beauté à la sienne, je saurai moi aussi m'éclairer et miroiter sous vos regards. Je vous demande une minute. Je vais annoncer nos fiançailles au conseil. Huissier, descendez et raflez tous les camélias du dix-huitième pour toutes nos boutonnières et vous, Monsieur, à qui je dois tant aujourd'hui, j'espère que vous voudrez bien partager notre repas... Embrassez-moi, ma douce Agnès... Vous hésitez?

AGNÈS

J'hésite aussi à regarder mon diamant.

LE PRÉSIDENT

A tout de suite. Agnès du plus heureux des hommes!

AGNÈS

Du plus beau...

Exit le Président.

SCÈNE NEUVIÈME

*Agnès. Le Monsieur de Bellac.
Le Président. L'Huissier.
Les Membres du Conseil.*

LE MONSIEUR DE BELLAC

Une place, un mari, un diamant! Je puis vous quitter, Agnès. Il ne vous manque plus rien.

AGNÈS

Si.

LE MONSIEUR DE BELLAC

Vous êtes insatiable...

AGNÈS

Regardez-moi. Je n'ai pas changé depuis ce matin?

LE MONSIEUR DE BELLAC

Vous êtes un petit peu plus émue, un petit peu plus grasse, un petit peu plus tendre...

AGNÈS

C'est votre faute. A force de répéter votre mot, j'ai gagné une envie. Pourquoi m'avoir forcée à dire qu'ils sont beaux à tous ces gens si laids? Je me sens à point pour dire qu'il est beau à quelqu'un de vraiment beau, j'ai besoin de cette récompense et de cette punition. Trouvez-le moi.

LE MONSIEUR DE BELLAC

Le jour est beau. L'automne est beau.

AGNÈS

Ils sont si loin de moi. Et on ne

touche pas le jour. Et on n'étreint pas l'automne. Je voudrais dire qu'elle est belle à la plus belle forme humaine.

LE MONSIEUR DE BELLAC

Et la caresser un tout petit peu?

AGNÈS

Et la caresser.

LE MONSIEUR DE BELLAC

Vous avez l'Apollon de Bellac...

AGNÈS

Mais il n'existe pas!

LE MONSIEUR DE BELLAC

Vous en demandez trop. Qu'il existe ou non, il est la suprême beauté.

AGNÈS

Vous avez raison. Je ne vois bien

que ce que je touche. Je n'ai pas d'imagination.

LE MONSIEUR DE BELLAC

Apprenez votre pensée à toucher. Supposez qu'il nous arrive ce qui arrive dans les pièces qui ont de la tradition, ce qui devrait arriver dans une vie qui se respecte...

AGNÈS

Que soudain vous soyez beau?

LE MONSIEUR DE BELLAC

Merci. C'est presque cela... Que c'est le dieu de la beauté même qui vous ait visitée ce matin. Peut-être d'ailleurs est-ce vrai. C'est ce qui vous a vernie, et vous émeut, et vous oppresse... Et que soudain il se dévoile. Et que c'est moi. Et que je vous apparaisse dans ma vérité et mon soleil. Regardez-moi, Agnès. Regardez l'Apollon de Bellac.

AGNÈS

Je ferme les yeux pour vous voir, n'est-ce pas?

LE MONSIEUR DE BELLAC

Vous comprenez tout. Hélas, oui!

AGNÈS

Parlez. Comment êtes-vous?

LE MONSIEUR DE BELLAC

Tutoyez-moi. Apollon exige le suprême respect.

AGNÈS

Comment es-tu?

LE MONSIEUR DE BELLAC

Des détails, naturellement? En voici : ma taille est une fois et demie la taille humaine. Ma tête est petite, et mesure le septième de mon corps. L'idée de l'équerre est venue aux géomètres de mes épaules, et l'idée de l'arc à Diane de mes sourcils. Je suis nu, et l'idée des cuirasses est venue aux orfèvres de cette nudité...

AGNÈS

Avec des ailes à tes pieds?

LE MONSIEUR DE BELLAC

Non. Celui qui a des ailes aux pieds, c'est l'Hermès de Saint-Yrieix.

AGNÈS

Je n'arrive pas à te voir. Ni tes yeux. Ni tes pieds...

LE MONSIEUR DE BELLAC

Pour les yeux, tu y gagnes. Les yeux de la beauté sont implacables.

Mes yeux sont d'or blanc et mes prunelles de graphite. L'idée de la mort est venue aux hommes des yeux de la beauté. Mais les pieds de la beauté sont ravissants. Ils sont ce qui ne marche pas, ce qui ne touche pas terre, ce qui n'est jamais maculé. Jamais prisonnier. Les doigts en sont annelés et fuselés. Le second avance extraordinairement sur l'orteil, et, de la cambrure, l'idée est venue aux poètes de l'orbe et de la dignité. Tu me vois, maintenant?

AGNÈS

Mal. Moi, j'ai de pauvres yeux d'agate et d'éponge. Tu leur fais jouer un jeu cruel. Ils ne sont pas faits pour voir la beauté suprême. Elle leur fait plutôt mal.

Ton cœur en tout cas en profite.

AGNÈS

J'en doute. Ne compte pas trop sur moi, beauté suprême. Tu sais, j'ai une petite vie. Ma journée est médiocre, et chaque fois que je gagne ma chambre, j'ai cinq étages à monter dans la pénombre et le graillon. A mon travail ou mon repos toujours il y a cette préface de cinq étages et ce que j'y suis seule! Parfois heureusement un chat attend à une porte. Je le caresse. Une bouteille de lait est renversée. Je la redresse. Si cela sent le gaz, j'alerte le concierge. Il y a entre le second et le troisième un tournant où les marches sont inclinées par le tasse-

ment et par l'âge. A ce tournant,
l'espoir vous abandonne. A ce tournant, mon pauvre équilibre balance, et je souffle de cette peine
que les plus fortunés ont à la poupe
des vaisseaux. Voilà ma vie! Elle
est d'ombre et de chair compressée,
un peu meurtrie. Voilà ma conscience : c'est une cage d'escalier.
Alors, que j'hésite à t'imaginer tel
que tu es, c'est pour ma défense.
Ne m'en veuille pas...

LE MONSIEUR DE BELLAC

Tu vas être désormais une des
heureuses du monde, Agnès.

AGNÈS

Oui. Dans la cage d'escalier d'ici,
les paillassons sont neufs et ont des
initiales. Les vasistas sont de vi-

traux de fleurs ou d'oiseaux où le
ventre de l'ibis s'ouvre pour l'aération. Et aucune marche ne flanche.
Et le bâtiment ne se dérobe jamais
sous vos pieds dans le roulis du soir
et de la ville. Mais y monter avec
toi serait plus dur encore. Alors, ne
me rends pas la tâche trop dure.
Va-t'en pour toujours! Ah! si tu
étais seulement un bel homme, bien
dense en chair et en âme, ce que je
te prendrais dans mes bras! Ce que
je te serrerais! Je te vois en ce moment à peu près tel que tu dois être,
distendu de beauté, avec tes hanches minces d'où l'idée est venue
aux femmes d'avoir des garçons,
tes frisons au haut des joues d'où
leur est venue l'idée des filles, et ce
halo autour de toi, d'où leur est

venue l'idée des pleurs, mais tu es trop brillant et trop grand pour mon escalier. Celui que je ne peux pas serrer contre moi dans mon escalier n'est pas pour moi. J'y regarderai mon diamant. Un diamant va même dans un ascenseur. Va-t'en, Apollon! Disparais quand j'ouvrirai les yeux.

LE MONSIEUR DE BELLAC

Si je disparais, tu retrouveras un humain médiocre comme toi, des peaux autour des yeux, des peaux autour du corps.

AGNÈS

C'est mon lot. Je le préfère. Laisse-moi t'embrasser. Et disparais.

Ils s'embrassent.

LE MONSIEUR DE BELLAC

Voilà. Apollon est parti, et je pars...

AGNÈS

Comme vous êtes beau!

LE MONSIEUR DE BELLAC

Chère Agnès.

AGNÈS

Comme c'est beau la vie dans un homme, quand on vient de voir la beauté dans un chromo... Et vous me laissez, et vous croyez que je vais épouser le Président?

LE MONSIEUR DE BELLAC

Il est bon. Il est riche. Adieu.

AGNÈS

Vous allez l'être aussi. Je vais lui ordonner d'acheter à son prix l'invention du légume unique. Restez !

LE MONSIEUR DE BELLAC

Elle n'est pas encore au point. Son pépin est invisible, sa tige monte à la hauteur du sapin, et il a goût d'alun. Je reviendrai dès qu'il sera parfait.

Il disparaît au moment où le Président entre, camélia à la boutonnière.

AGNÈS

Vous le jurez.

LE MONSIEUR DE BELLAC

Le matin même. Nous le sèmerons ensemble, je vous le jure !

AGNÈS

J'achète le jardin.

LE PRÉSIDENT

Agnès, bonne nouvelle! Le Conseil, délirant à la nouvelle que la question de la lutte des sexes est enfin résolue, décrète de changer le tapis rayé de l'escalier contre une moquette de Roubaix, en simili-carrelage à bordure de dessins persans. C'est son cadeau de fiançailles. Comment! Vous êtes seule! Notre ami n'est pas là?

AGNÈS

A l'instant il s'en va.

LE PRÉSIDENT

Appelez-le. Il déjeune avec nous... Vous savez son nom?

AGNÈS

Son prénom seulement... Apollon.

LE PRÉSIDENT, *à la porte.*

Apollon! Apollon! *(Les membres du conseil et l'huissier arrivent tous fleuris de camélias.)* Appelez avec moi! Il faut qu'il remonte!

L'HUISSIER DANS L'ESCALIER, MM. RASEMUTTE ET SCHULZE AUX FENÊTRES, M. DE CRACHETON DANS UNE PORTE.

Apollon! Apollon!

M. LEPÉDURA, *qui entre, à Agnès.*

Apollon est ici?

AGNÈS

Non... Il est passé!...

LE RIDEAU TOMBE.

LA PRÉSENTE ÉDITION (2ᵉ TIRAGE)
A ÉTÉ ACHEVÉE D'IMPRIMER LE
20 NOVEMBRE 1968 PAR L'IMPRIMERIE
FLOCH A MAYENNE (FRANCE) POUR
LES ÉDITIONS BERNARD GRASSET
A PARIS. NUMÉRO D'ÉDITION : 3096
DÉPOT LÉGAL : 4ᵉ TRIMESTRE 1968
(8430)